La nube
Título original: *The Cloud*

Primera edición: abril de 2013

© 2010 Hannah Cumming (texto e ilustraciones)
© 2010 Child's Play (International) Ltd
Asworth Road, Bridgemead, Swindon SN5 7YD, Gran Bretaña
© 2013 Thule Ediciones, S.L.
c/ Alcalá de Guadaíra 26, bajos 08020, Barcelona

Director de colección: José Díaz
Adaptación gráfica: Jennifer Carná
Traducción: Alvar Zaid

ISBN: 978-84-15357-27-8
D. L.: B-9132-2013
Impreso en Gráficas '94, Sant Quirze del Vallès, España

www.thuleediciones.com

La nube

Hannah Cumming

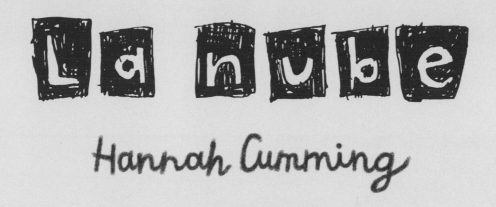

La clase de dibujo era divertida.
Podías dibujar lo que te diera la gana.

Todo el mundo se lo pasaba bien.

Bueno, casi todo el mundo.

Había una niña que se sentaba sola

y no dibujaba nada.

Parecía que hubiera
una nubecita negra sobre su cabeza.

Nadie hablaba con ella.

Pero una niña quiso hacerse amiga suya.

Tal vez hubiera alguna forma
de atravesar la nube negra.

Se le acercó para hablar,

pero no fue bien.

¿Qué otra cosa podía hacer?

¿Quizá…

No salió muy bien.

Pero no se iba a rendir
tan fácilmente...

y tras unas cuantas pruebas...

... surgió una sonrisa.

Los otros niños se dieron cuenta
y les pareció un juego divertido.

Al momento todos se pusieron a dibujar juntos.

Y la nube se había evaporado.
Bueno, más o menos.

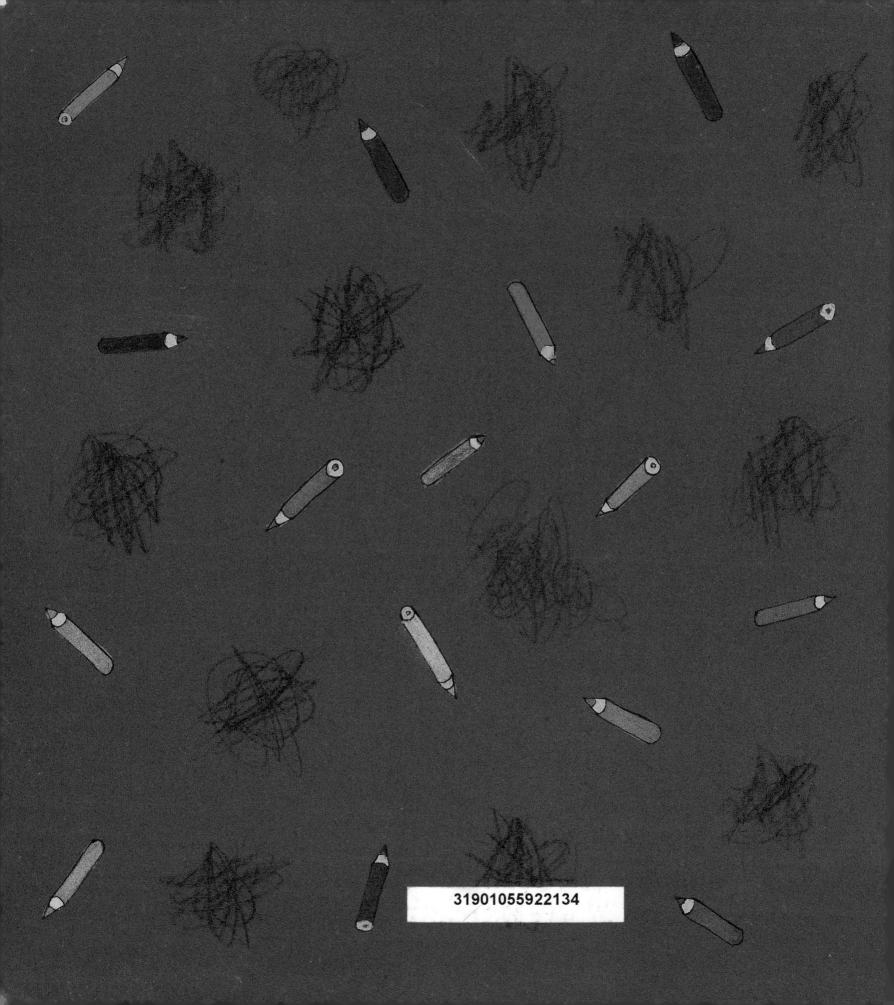